사람들은 더 이상 도도를 볼 수 없어요.

도도의 뼈가 박물관에 보존되어 있을 뿐이에요.

그런데 참 이상하죠.

한때는 울창하던 도도나무 숲에,

지금은 오직 열세 그루의 도도나무만 남았어요.

그마저도 삼백 살이 넘은 나무들뿐이에요.

그러니까 도도가 사라진 후에는

단 한 그루의 도도나무도 새로 싹을 틔우지 않은 거예요.

도도나무가 사라진 것과
도도가 사라진 것 사이에는
무슨 연관이 있을까요?
어떤 학자들은 이렇게 말했지요.
"도도 열매가 싹을 틔우려면
도도의 소화액이
필요했을 것입니다."

도도

도도는 인도양의 모리셔스에 서식했다. 칠면조보다 큰 몸집을 가졌으며 천적이 없어 비행 능력을 잃었다. 1505년 모리셔스에 인간의 발길이 닿으면서 사냥감이 되어 개체수가 급격히 줄기 시작했다. 1681년 마지막 도도가 죽음으로써 멸종되었다.

글 **곽민수**

서울에서 자랐으며, 고려대학교에서 서양사를 공부했습니다. 환경, 역사, 인권이라는 주제에 관심을 갖고 여러 어린이책을 썼습니다. 그림책 《아주아주 센 모기약이 발명된다면?》, 《무엇이 반짝일까?》를 쓰고 그렸으며, 《미운 오리 새끼를 읽은 아기 오리 삼 남매》, 《냠냠냠 뿡뿡뿡》, 《봄, 여름, 가을, 겨울 또또에게 일어난 일》 등을 썼습니다. 그 밖에 《하루 15분 질문하는 세계사 1》, 《통통 세계사 1, 3》, 인권 동화 《서로 달라서 더 아름다운 세상(공저)》 등을 썼습니다.

그림 **신성희**

디자인 대학원에서 일러스트레이션을 전공했습니다. 디자인 회사에서 캐릭터 디자이너로 일했고, 지금은 그림책 작가로 활동하고 있습니다. 글과 그림을 함께한 책으로 《딩동거미》, 《딩동거미와 개미》, 《딩동거미 대작전》, 《괴물이 나타났다1》, 《안녕하세요!》, 《빵빵 비켜!》, 《까칠한 꼬꼬 할아버지》, 등이 있고, 《똑똑똑, 야옹이 교실》, 《미운 동고비 하야비》, 《인사해요, 안녕!》, 등에 그림을 그렸습니다.

도도는 정말 사라졌을까?

© 곽민수, 신성희 2024

발행일 초판 1쇄 2024년 7월 19일

글 곽민수
그림 신성희
디자인 이진미
편집 김유민
펴낸이 김경미
펴낸곳 숨쉬는책공장
등록번호 제2018-000085호
주소 서울시 은평구 갈현로25길 5-10 A동 201호(03324)
전화 070-8833-3170 **팩스** 02-3144-3109
전자우편 sumbook2014@gmail.com
홈페이지 https://soombook.modoo.at
페이스북 /soombook2014 **트위터** @soombook **인스타그램** @soombook2014

값 16,000원 | ISBN 979-11-86452-28-8
잘못된 책은 구입한 서점에서 바꿔 드립니다.

숨쉬는책공장 너른아이 시리즈는 가려져 잘 보이지 않는 세상 이야기를 구석구석 들춰 살펴봄으로써, 아이들이 스스로 넓은 시각을 가질 수 있도록 돕는 그램책 시리즈입니다.

도도는 정말 사라졌을까?

곽민수 글, 신성희 그림

아주아주 커다란 도도나무에서
아주아주 커다란 열매가 뚝 떨어졌어요.
쿵! 구르르르르! 쿵! 쿵! 쿵! 쿵!

도도 한 마리가 뒤뚱뒤뚱.

또 한 마리가 뒤뚱뒤뚱.

도도와 도도는

아주아주 커다란 열매를 사이좋게 나누어 먹었어요.

둘은 둥지를 만들고 예쁜 알을 낳았어요.
그 속에서 작은 도도가 나왔답니다.

똥에서 나온 도도나무 씨앗도 싹을 틔웠죠.

작은 도도가 엄마 아빠 도도와
평화롭게 도도 열매를 먹고 있을 때였어요.

멀리 커다란 배가 나타났어요.
사람들이 도도섬을 발견한 거예요.

도도들은 사람을 처음 보았고,
사람들도 도도를 처음 보았어요.
"아니, 왜 새가 안 날아?"
"아니, 무슨 새가 사람을 무서워하지 않아?"
도도들은 고개를 갸우뚱할 뿐이었어요.

그런데 무서운 일이 생기고 말았어요.
사람들이 도도를 잡으러 다니기 시작한 거예요.
도도는 바보 같아서 도망칠 줄도 모른다면서 말이에요.

도도는 사라지고 사람들은 배가 불렀어요.

사람들이 데려온 동물들도 무서운 일을 저질렀어요.

찍찍이가 도도 알을 훔쳐 가고,

숭숭이가 도도 알을 훔쳐 가고,

꿀꿀이가 도도 알을 훔쳐 갔어요.

도도 알은 사라지고 동물들은 배가 불렀어요.

부르르르르!

살아남은 도도들은 날개를 떨었어요.

그리고 깊은 숲속으로 숨어들었어요.

도도나무들이 이리 숨으라고 손짓하는 것 같았죠.

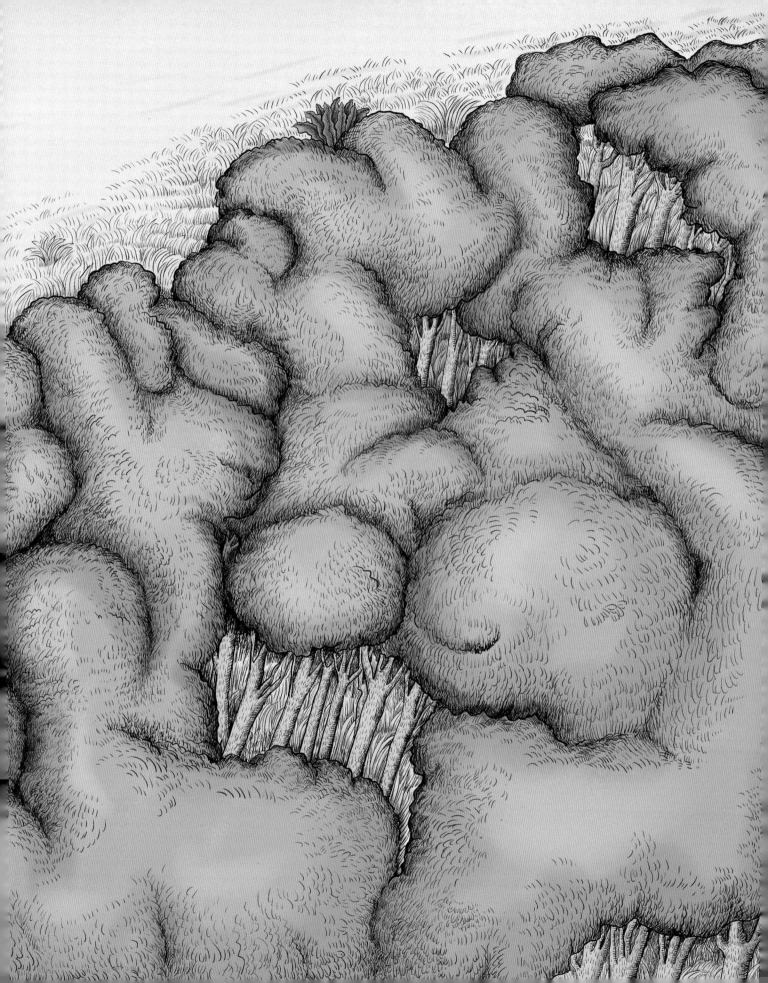

하지만 사람들이 도도들을 찾아내는 것은 시간 문제였어요.

작은 도도가 말했어요.

"우리, 날갯짓을 연습해 봐요."

작은 도도가 날개를 퍼덕였어요.

안간힘을 써서 날개를 퍼덕이다 떨어지고, 퍼덕이다 또 떨어졌어요.

그래도 모두 날개를 퍼덕이고 또 퍼덕였어요.

놀라운 일이 일어났어요.
한 번도 날지 못했던 도도들이,
높이높이 날아오르기 시작한 거예요.

그 뒤로 아무도 도도를 보지 못했습니다.
도도나무도 더 이상 싹을 틔울 수 없었지요.
그렇게 삼백 년이 흘렀습니다.

앗, 그런데…….
도도섬에서 작은 도도나무들이 발견되기 시작했어요.

도도는 정말 사라졌을까요?
오래전 도도섬을 떠난 도도의 후손들이
몰래 다녀간 것은 아닐까요?